親愛的鼠迷朋友，
歡迎來到老鼠世界！
這裏精彩絕倫，奇妙無比！
你們一定能夠在這裏盡情享受。
嘿嘿，這可是史提頓說的！

謝利連摩‧史提頓

Geronimo Stilton

快看，這就是我的辦公室！大家即將閱讀的這個歷險故事，
就是在這裏完成的呢！
每到夏天，我都會邀請全家來這兒一起享受冰淇淋的美味。
這是多麼愜意呀！只要……
別有鼠來敲門！

老鼠記者 106

追蹤網紅鼠
INFLUENCER PER CASO

作　　者：Geronimo Stilton　謝利連摩‧史提頓
譯　　者：陸辛耘
責任編輯：胡頌茵
中文版封面設計：許鍩琳
中文版美術設計：羅益珠
出　　版：新雅文化事業有限公司
　　　　　香港英皇道499號北角工業大廈18樓
　　　　　電話：(852) 2138 7998
　　　　　傳真：(852) 2597 4003
　　　　　網址：http://www.sunya.com.hk
　　　　　電郵：marketing@sunya.com.hk
發　　行：香港聯合書刊物流有限公司
　　　　　香港荃灣德士古道220-248號荃灣工業中心16樓
　　　　　電話：(852) 2150 2100　傳真：(852) 2407 3062
　　　　　電郵：info@suplogistics.com.hk
印　　刷：中華商務彩色印刷有限公司
　　　　　香港新界大埔汀麗路36號
版　　次：二〇二三年七月初版

http://www.geronimostilton.com
Based on an original idea by Elisabetta Dami.
Art Director: Fernando Ambrosi
Artistic Coordination: Lara Martinelli
Graphic project & design: copia&incolla – Verona
Cover Illustration: Alessandro Muscillo (Cover adapted by Sun Ya Publications (HK) Ltd.)
Story Illustrations: Alessandro Muscillo
Illustrations of the graphisms: Andrea Benelle
Layout: Marta Lorini
Geronimo Stilton names, characters and related indicia are copyright, trademark and exclusive license of Atlantyca S.p.A.
The moral right of the author has been asserted.
All Rights Reserved.
No part of this book may be stored, reproduced or transmitted in any form or by any means, electronic or mechanical, including photocopying, recording, or by any information storage and retrieval system, without written permission from the copyright holder.
For information address Atlantyca S.p.A., Italy, foreignrights@atlantyca.it
www.atlantyca.com
Stilton is the name of a famous English cheese. It is a registered trademark of the Stilton Cheesemakers' Association.
For more information go to www.stiltoncheese.co.uk
ISBN: 978-962-08-8241-8
© 2022 Mondadori Libri S.p.A. for PIEMME, Italia
International Rights © Atlantyca S.p.A. Italy- Corso Magenta, 60/62, 20123 Milan
Traditional Chinese Edition © 2023 Sun Ya Publications (HK) Ltd.
18/F, North Point Industrial Building, 499 King's Road, Hong Kong
Published in Hong Kong SAR, China
Printed in China

老鼠記者
Geronimo Stilton

追蹤
網紅鼠 ♥99

謝利連摩·史提頓
Geronimo Stilton

新雅文化事業有限公司
www.sunya.com.hk

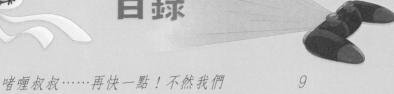

目錄

小麵條

謝利連摩的寵物小狗。

班哲文 · 史提頓

謝利連摩的姪子。

多愁 · 黑暗鼠

恐怖片導演，
謝利連摩的「女朋友」。

麗麗 · 金髮鼠

妙鼠城中的社交媒體網紅。

「快點，叔叔！！！」班哲文在我背後大吼，「快，快，快！」

「啫喱叔叔……**再快一點**！不然我們全都完蛋啦！」翠兒又在我耳邊尖叫。

就連我的寵物小狗——小麵條也不停地跑來跑去，**一陣亂叫**。

可是我真的沒法再快了嘛！

咕吱吱！其實孩子們也沒錯啦，眼看就快要贏得**比賽**，我可不能在最後時刻出差錯呀！不行不行，一定得提起精神，就差最後幾米了！

　　「嘿，謝利連摩大笨蛋！」這時，我的表弟賴皮突然把一隻爪子用力搭在我肩膀上，說道，「看樣子，我為你專門弄來的這把**電競椅***還不錯吧？」

*電競椅是指專為參加電子遊戲比賽玩家設計的座椅。

我根本沒法回答他，因為他按壓得實在太重了啦！這時，椅子失去平衡，直接飛滾了出去，然後……「砰」一聲撞到了書桌！

　　與此同時，我也騰地彈了出去，在空中連翻了三個筋斗，最後……我手上的遊戲手掣也飛掉了！

「呃啊啊啊啊啊！」我痛得直叫。

「阿呀呀呀！」班哲文和翠兒不禁大喊。

「汪！汪！汪汪汪！」小麵條也狂吼了起來。

我轉身看向電腦，想看看是不是還有機會贏得比賽，可是……已經不可能了！

賴皮的這一用力按壓真是太要命了啦！

《超級馬里鼠大賽》（當下最流行的電子遊戲）已經結束。我選擇的角色——**超級馬里鼠**距離夢幻大門就只差兩米呢！兩米！可是，這扇大門已經關上，再也不會打開。只見電腦熒幕上閃爍着下面幾個大字……

遊戲結束！

大家都開始責怪賴皮，他卻一副若無其事的樣子，還笑着說：「啊哈哈，你看你，又輸了！」

我根本不想理睬他，於是轉身對兩個孩子說道：「不好意思，孩子們，我早就跟你們說過，電子遊戲並不是我擅長的東西！」

班哲文試圖安慰我說：「啫喱叔叔，別這麼說嘛！你下一次一定會比這一次好……」

賴皮卻在一旁大笑起來，說：「哈哈哈，這已經是他第33次衝擊這道關卡了。謝利連摩，我看，你就是個遊戲初哥，根本沒有希望的！」

我也不甘示弱，連忙反擊道：「哦？是嗎？那你呢？你倒是說說自己為什麼要來這裏？好好給我解釋！」

這下賴皮不高興了：「哼，我說你是怎麼回事，難道每件事都需要我說兩遍嗎？難道你都不記得了嗎？！是孩子們請我來幫忙！他們需要一

名成年鼠的幫助才能報名參加《年度電子遊戲大賽》
……不是我吹牛，要說電子遊戲，那我絕對是個遊戲高手！」

我回應說：「既然你是遊戲高手，那為什麼要來找我幫忙？哈，我可是個遊戲初哥啊！」

這時，賴皮壓低了聲音，還湊到我跟前：「好了啦，謝利連摩小可愛，別總是這麼愛發牢騷了嘛。有關電子遊戲，我什麼都懂，你一竅不通。可是，你也別灰心。你看，你是我們大家庭裏最有知識的，沒錯！就是因為這個，我才選中你……介紹這個電子遊戲的計劃書。畢竟說到演講，沒有誰比你更擅長。這下高興了吧？」

我的嘴角微微揚起，說：「那是！不過，我付了報名費的事，你怎麼隻字不提？」

賴皮假裝出一副驚訝的樣子，說：「啊，什麼？還要付費？我怎麼不知道！」

很快，他就開始轉移話題：「大家餓不餓呀？要不我請你們吃個小食！」

只見他走向廚房，身後還跟着小麵條（只要一説到吃，他倆就會默契十足！）和孩子們。

我不禁小聲説道：「到底是誰請誰嘛……這裏明明是我家！」

我一邊咕噥，一邊挖了一大勺萵更左拉冰淇淋（裏面還有開心果仁碎呢！）。這時，班哲文突然説道：「快，啫喱叔叔，我們趕緊再複習一下有關這個計劃書的所有內容，這樣……」

「……這樣你到時才不會出醜！」翠兒露出了狡黠的笑容。

「難道非得讓我生氣，你才滿意呀？」我問她。

剛説完，就連我自己也哈哈大笑起來。「行啦行啦，翠兒，你説得對！我準備好了……來吧，我們開始吧！」

就這樣，兩個孩子開始報出一連串的專業術語，滔滔不絕說起一系列**頂尖玩家**的基本原則……直到兩小時後，他們才終於停了下來！

咕吱吱，我的腦袋就快爆炸啦！

「那好，今天是不是就到這兒了？」

可是，賴皮彷彿是鐵了心要為難我似的，居然說：「要我看，你們最好還是考考他！」

於是，兩個孩子就開始輪番向我提問……這一問，又是兩個小時！

「叔叔，快了快了，沒剩幾個了，」班哲文提醒我。

「加油加油。請問，什麼是**MMORPG？**」

我努力集中精神回答：「這是一種角色扮演遊戲，可以由多名玩家同時線上加入！」

「回答正確！」翠兒歡呼道，「好，最後一個問題，什麼是**彩蛋***？」

---

*彩蛋：原意指復活節彩蛋，但在電子遊戲的語境下，它的意思可不一樣。聽聽謝利連摩怎麼說！

我不假思索地回答道：「是指遊戲裏的隱藏元素，可能是一首歌，一段影片，一部電影，其他遊戲等等。設置彩蛋能夠使遊戲更好玩！」

兩個孩子 **齊齊鼓掌**，讚歎說：「啫喱叔叔太厲害啦！」

我也開心地說道：「嘿嘿！謝謝你們這麼耐心指導。現在我也是一名電子遊戲的專家啦……至少是個理論專家！」

這時，賴皮清了清嗓子，説：「咳咳……那我呢，你怎麼不謝我？」

我不禁歎了口氣：「哈，對對對，謝謝！謝謝你讓我輸掉了比賽！」

他不依不饒：「啊！還有我送你的電競椅呢？那可是**超級柔軟**，超級實用，超級前衛的呀！」

我不得不承認：「沒錯，是很舒適……」

「那就好！這樣，你那錢才算花得值得！」他一不小心説漏了嘴……

我的臉唰地一下變得慘白，問道：「什什什麼？這難道不是你送給我的禮物嗎？」

只見他聳了聳肩：「那當然嘛！親自挑禮物的是我，但付款的是你，337期分期付款，不錯吧！」

　　《年度電子遊戲大賽》的淘汰**比賽**即將在周六上午揭幕。這個重要的日子終於來臨！

　　我和賴皮還有孩子們一起來到**購物中心**。只見大賽主辦方已經為參賽選手們擺好了桌椅。

　　現場已經有很多鼠民參與，男女老少，個個熱情高漲，迫不及待呢。

有一塊巨大的熒幕豎立在大廳一邊，上面正播放着一條條短片，介紹大賽主辦方——Videozip 公司推出的幾款大熱遊戲。

另外，還有好幾架無人機在我們頭頂上空不停盤旋，好像是為了進行現場直播。

咕吱吱，這也太……**太熱鬧**了吧。我都有點頭暈了呢！

於是，我對孩子們說：「呃……要不，要不我還是回家吧，反正你們都已經胸有成竹了，就算我不在，也一定沒問題。」

但他們還來不及抗議，我就聽見一把聲音從鼠羣中傳來。那聲音我可再熟悉不過了：

「小乖乖乖乖！我在這兒呢呢呢！！！」

我轉過身去，瞬間被一股紫色旋風包圍住。這股旋風的名字叫——多愁·黑暗鼠！

只見她一把環繞住我的脖子，在我的臉頰上印下一個吻。

我支支吾吾問道：「你——你怎麼會知道——我——我在這兒？」

她一邊眉毛上揚了，說道：「首先：我一直都知道你在哪兒，小乖乖。你以為自己能像夜裏的蝙蝠那樣，逃過我的視線嗎？」

隨後，她揚起另一邊眉毛，繼續說道：「其次，我來這兒可不是因為你，而是為了我自己！我是和菲一起來參賽的！」

多愁・黑暗鼠

她和家人住在神秘谷的幽暗城堡裏。她是一位恐怖片導演，性格潑辣，尤其是牽涉到謝利連摩・史提頓的時候！她一直深信自己是謝利連摩的女朋友……要是有誰膽敢反駁，可有他或她倒霉的！

只見我妹妹突然從她身後冒了出來，説道：「第三，現在還有誰不知道你在這兒，喏喱？我已經在今天網絡版的《鼠民公報》上披露了這則獨家新聞！」

我不禁瞪大了雙眼：「獨家新聞？什麼意思？我是不是在這兒，又會有誰在意？」

這時，賴皮用手肘敲了敲我，説：「怎麼不會有誰在意？就連你這麼一隻鬍鬚都快發霉的無聊老鼠，也會對電子遊戲感興趣，你説，還有什麼新聞會比這個更加勁爆？！」

我正想反駁，多愁已經搶着説：「喂！只有我能對小乖乖説他的鬍鬚就快發霉了！」

但我想説的才不是這個，於是立即補充道：「總之，我要告訴你們，我參不參加這個比賽，才不是我的讀者關心的話……」

還沒等我説完，菲就指了指我身後：「你確定？」

22

這時，有誰頂了頂我的腰。當我轉過身時，發現我的鬍鬚下面竟突然多了一個

麥克風

「史提頓先生，原來這是真的！」只聽一名記者大叫，「你真的來參賽了！請問，你是從什麼時候開始變得如此前衛？你是從什麼時候開始對電子遊戲產生了興趣？總之，你是從什麼時候開始*返老還童*的呢？」

這時，在他左邊的一隻女鼠又對我緊追不捨，問：「作為一名作家和記者，你在網上擁有大批支持者。你是否認為你的支持者都對**電子遊戲**感興趣呢？你就不擔心支持者流失嗎？」

我回答道：「各位親愛的同行，我想你們是誇大其詞了。我來這兒只是為了給我的姪子班哲

文和翠兒加油打氣。他們才是真正的電子遊戲**專家！」**

這時，孩子們也走上前來，激動地說道：「謝謝叔叔！別謙虛，現在你也是行家啦！」

聽了他們的話，我不禁自信滿滿，在閃光燈前昂首挺胸，但就在這時⋯⋯所有記者彷彿**潮水**一般，紛紛湧向了大廳的另一邊。咦？這是為什麼呀？

「快看！麗麗·金髮鼠！」菲不禁喊道。

「她也來參賽嗎？！」翠兒吃驚地問道。

我聳了聳肩：「真沒想到像她**這樣的網紅***居然也會對電子遊戲感興趣。」

只見多愁·黑暗鼠的雙眼正一眨不眨地注視着我，一副氣勢洶洶的樣子。

我不禁支支吾吾地說：「我——我剛才說——說什麼了？」

---

*網紅(Influencer)：指在互聯網上在特定社羣中擁有知名度和具影響力的人。

只見她微微閉起雙眼：「關於金髮鼠，你知道些什麼？」

我以一千塊莫澤雷勒乳酪的名義發誓，每當多愁這麼看着我的時候，千萬不要和她爭辯，千萬不要！

於是，我就像個機械人一樣回應道：「麗麗・金髮鼠被譽為新一代 網紅新星！在 TopNet 老鼠島網紅排行榜上，她正追趕第一名的斯頓普・星光鼠……」

麗麗・金髮鼠

在老鼠島的所有社交媒體上，她都是炙手可熱的明星，擁有眾多支持者。她是自拍女王，保持着24小時自拍發布數量的記錄……整整733張！至於她的煩惱……那就是還沒成為島上的頭號網紅，因為她的風頭總被對手斯頓普・星光鼠蓋過。

大家齊齊看向我，個個目瞪口呆，於是我只好**住嘴**。

　　「啫喱叔叔……」班哲文的臉上寫滿了問號，「你怎麼會這麼了解麗麗·金髮鼠呀？」

　　刷地一下，我的臉已經紅得像辣椒。這時，賴皮又開始嘲笑起我：「謝利連摩狡猾蛋，你是不是

喜歡人家？
暗戀人家？」

　　我連忙否認：「哪有……你說什麼呀……」

　　可是，唉，我的話聽起來好像不可信，因為多愁立刻尖叫了起來：「什什什麼？你喜歡**麗麗·金髮鼠**？！?！」

　　我還想否認，偏偏就在這時，麗麗居然朝我走了過來，身後還跟着大批記者和支持者……

28

他們聽見了我們的對話，全都聽見了！！！呃啊啊，這下我可慘了！

很快，大家就傳了開來：「史提頓和金髮鼠，多麼般配的一對啊！」

我連忙否認：「不不不，這是個誤會……」

麗麗‧金髮鼠卻朝我擠了擠眼，還用甜美的聲音對我説道：「啊，親愛的，就讓他們説吧。我一直都期待着與你見面。要知道，我可是你的忠實支持者！」

這下我連話都説不清了：「真……真的嗎？我……我也是你……你的忠實支持者呢……」

「夠了夠了！」多愁突然打斷了我們，「小乖乖，你可小心自己的言行，畢竟我不費工夫，就能把你變成木乃伊！」

我只好轉移話題：「對了，麗麗，你也喜歡玩電子遊戲嗎？」

「就是，麗麗，」一個記者插了進來，「你也愛玩電子遊戲？」

她朝我看了一眼，說道：「我只能說，作為一隻女鼠，我永遠跟着自己的心走！」

撲通！我的心一陣狂跳！

我正要向她行個吻爪禮，展現我最紳士的一面，但就在這時……麗麗的助理突然將她拉開去接受採訪。就這樣，她邊走邊興奮地說道：「大家看見了嗎？我想……我想他應該喜歡我！」

賴皮不禁起哄：「沒錯，他是喜歡你！」

多愁則火冒三丈，一言不發地離開了……

不許你們
眉來眼去！

我想麗麗想得出神，一動不動。就在這時，大熒幕上播放的**影片**突然停了，隨之出現的是**維德．電競鼠**，也就是Videozip的老闆。

很快，鼠群就安靜了下來……

看來，大賽即將開始啦！

我以一千塊莫澤雷勒乳酪的名義發誓，因為緊張，我的鬍鬚都亂顫了起來呢！

只聽他宣布：「淘汰賽即將開始，各位準備好了嗎？」

所有老鼠齊聲大喊：「準備好啦啦啦啦！」

「準備好啦啦啦啦啦！」

「準備好啦啦啦啦啦！」

「準備好啦啦！」

「準備好啦啦啦啦啦啦！」

「準備好啦啦！」

「很好。現在就讓我們快速重溫一下比賽規則。一會兒我會宣布今年的遊戲主題，給大家提供靈感。每隊有**兩個小時**時間，在指定地點集合，然後討論出各自遊戲的獨家賣點。時間一到，就必須回到這裏，向公眾簡單介紹各自的**計劃**……之後，互聯網投票就會開始。一小時後將截止投票，排名前十位的專案將會進入決賽階段。各位都清楚了嗎？」

大家異口同聲地回答：「清楚了！！！」

這時，維德・電競鼠宣布道：「今年的遊戲主題是……愛！就請大家各顯身手吧！」

菲立刻竄了出去，想要尋找多愁。好不容易找到她後，菲對她說：「告訴你，我已經想到了一個好主意！」

很快，我就看見她們把腦袋湊到一起，開始竊竊私語。

班哲文和翠兒拽着我和賴皮來到了指定地點。但賴皮一副不着急的樣子，不斷浪費時間。

「啊，愛！」只聽他感歎，「這樣的主題，不是最適合像我這樣的偷心大師了嘛！」

我沒好氣地說道：「你說你？偷心大師？」

這下他更來勁了，眉飛色舞地炫耀起來，說：「那還用說！就比如我的獨家舞步，有誰能夠抵擋？你想不想看看？」

就這樣，他不知從哪兒掏出了一朵玫瑰，衙

在嘴裏，然後投出深情的目光（嗯，坦白説，非常誇張），接着……一把握住我的一隻手爪，隨即一個旋風探戈舞步，把我摟了過去！

各位讀者，不用説也知道，當時所有記者的注意力，全被我倆吸引了過去！

不止記者，還有全部觀眾！

所有收看直播的鼠民，都看見了我們的傻樣！總之，真的太丟臉啦！

在這一番折騰的時候，我和賴皮還不小心撞到了很多老鼠。我們向他們一一道歉，這才終於回到孩子們身邊……而時間正在一分一秒地流逝！

我以一千塊莫澤雷勒乳酪的名義發誓，我們不能再這麼浪費時間啦！

我悶悶不樂，幸好班哲文和翠兒已經想到了許多點子。就這樣，大家一起慢慢整理出了頭緒。

這時，維德再次出現在大熒幕上：「時間到！現在就各位開始介紹各自的計劃吧！」

就這樣，一支支隊伍輪流演講，介紹各自的計劃書。與此同時，無人機也將現場畫面傳送到島上的每個角落。

菲和多愁的項目名叫《小怪獸之愛》。在這款遊戲中，玩家需要探索各個陌生的國度，尋找小怪獸的幼崽，然後和牠們成為朋友。看得出來，在場所有老鼠都被她們的介紹深深吸引。

這時，輪到我們上場啦。

賴皮一把將我推上前去，說道：「表哥，你書讀得最多，就靠你了！別害羞！」

於是，我清了清嗓子：「各位親愛的鼠民朋友，我們設計的電子遊戲名叫 **《追尋丟失的乳酪》**。這是一款冒險遊戲，能夠讓玩家探索老鼠島的自然風光，彷彿親歷其境。它是一則愛的宣言，表達我們對大自然和美麗老鼠島的熱愛！在遊戲中，任何有利於 **環境保護** 的行為，比如回收可循環再用的材料等，都會給玩家更多的經驗值*⋯⋯」

演講完畢，孩子們伸出手和我擊掌慶祝，就連賴皮也難得表揚起我了。

其實，我只希望能夠說服廣大的鼠民朋友⋯⋯

*在電子遊戲語境中，經驗值是指完成任務和目標後積累的分值，能夠使玩家獲得獎勵並升級。

這時，熱烈的掌聲在我周圍響起。看來，我真的做到了呢！

可是，很快我就發現，什麼？掌聲不是給我的，而是給剛剛起身的麗麗·金髮鼠！

只見她用自己斜揹包的背帶一下將我套住，然後把我拉到她身旁⋯⋯「咔嚓！」一張自拍完成了！

我完全沒有做好準備嘛！啊呀呀，照片上的我一定是副大笨蛋的模樣！

只聽她說：「親愛的，你的演講真是太精彩了！讓我們一起分享這一難得時刻！」

就這樣，她把我倆的自拍照上傳到**網上社交平台**。

隨後，她又說道：

「我早就知道你是一位了不起的老鼠，但今天親眼目睹了你的風采，我唯一的心願就是……**和你在一起！**」

我激動得都快説不出話來，結巴地説：「在……在一起？」

她微微一笑：「你説呢，親愛的？！」

「喂，我説你，不許和我的小乖乖糾纏不清！」多愁一邊大喊，一邊擠到我倆中間，「知道什麼叫先來後到嗎？我和謝利連摩才是妙鼠城裏公認的一對！」

麗麗稍稍瞥了她一眼，説道：「噢？是嗎？那我們就走着瞧……」

她又轉身看向我，用**甜美的聲音**説道：「寶貝，你想不想和我一起組隊？」

啊？所以，她説的「在一起」，是指一起參加比賽！咕吱吱，不管她究竟想表達什麼，我只能回答她：「謝謝你的提議，麗麗，不過抱歉，

我沒法答應。我不想丟下**孩子們**不管。我得和他們組隊！」

麗麗朝我眨了眨眼：「我不得不承認，親愛的，你真是一位善良又可靠的老鼠，擁有金子般的心靈，是位名副其實的紳士鼠……總之，

一位值得託付終身的老鼠！」

快如閃電，又是一記……**咔嚓！**

……只是一眨眼的工夫，她又拍了張自拍！

隨後，她轉向無人機，說道：「這就是我設計的電子遊戲《一見鍾情》！就像一則現實中的愛情故事！不過，我不能再透露更多細節。不如這樣，大家跟我來，保證不會讓你們後悔！」

說完，她便向我送出一個**飛吻**，然後就走開了。

我真覺得，麗麗對我就是很不一樣……

這時，多愁用手爪狠狠戳了我一下：「喂，我不許你跟她**眉來眼去**！」

我不禁問：「啊？去哪裏？誰要去？」

周圍的觀眾都笑了起來，只有多愁，一臉嚴肅。

片刻之後，大熒幕上出現了我們兩隊的名字：**史提頓隊和菲與多愁隊**。

我們異口同聲地歡呼起來：太好了！我們都進決賽啦！

這時，我眼角的餘光瞥到了麗麗：她正用手爪向我比了個V手勢。看來，她也晉級啦！

書店裏的……對決！

第二天，我、賴皮和孩子們見了一面，商量如何準備決賽。

按照計劃，每天下午他們會來我家碰面，完成作業，然後一起構思電子遊戲的設計。其實，就算沒有我和賴皮，班哲文和翠兒也完全能夠應付！

賴皮也這麼認為。你們看，他一屁股坐在電競椅上，大聲宣布：「你們負責構思，我嘛，

就不從這把椅子上移開了！再說了，總得有誰做出點犧牲，進行實地調查，這樣才能把最近這一年推出的所有電子遊戲都好好測試一下，是不是？」

如今已是下午四點。不到半個小時，我就得去書店介紹我的新書。於是，我囑咐兩個孩子：「記住了，別讓賴皮一直待在熒幕前！」

班哲文點了點頭：「包在我們身上！」

翠兒也壞笑着說道：「你就放心吧，啫喱叔叔。再不行，我們可以用小食吸引他的注意！」

就這樣，我一邊悠閒地吹着口哨，一邊走去書店。啊哈，那可是妙鼠城……啊不，是全世界我最愛的地方！

每次在一排排書架間暢遊，我都會覺得像在自己家裏一樣愜意：成千上萬的故事，我只

要伸伸手抓就能暢遊其中，你們説，這是多麼幸福呀！

　　説不定，我心想，下一本書可以説説電子遊戲；或者，謝利連摩·史提頓集團可以把我以前的某一本書改編成電子遊戲；又或者，我可以寫本書，介紹一款電子遊戲，遊戲的主題是一位**元作家**，他……

　　就這樣，我邊走邊沉浸在自己的思緒裏，不知不覺已經到了書店。啊哈，時間剛剛好。

　　咕吱吱，已經有很多讀者在等我了呢！

　　我走進書店……

「你好，謝利連摩！」一名小讀者向我揮爪，手爪裏握着我的一本書。

「你好啊，**小可愛！**大家好，各位親愛的鼠民朋友！」我笑着向他們打招呼，然後坐了下來。

大家也異口同聲地說道：「你好！」

這時，從一輩年輕的讀者中，突然冒出了一名美麗的**金髮女鼠**……

我好奇地注視起她：只見她戴着一副桃紅色鏡框的眼鏡，紮了個馬尾辮，不過那對**碧藍色的眼睛**……

「麗麗！」我驚叫道，「你怎麼在這兒呀？」

她低下頭，說道：「親愛的，你的新書發布會，我怎麼能錯過。我可是你的**忠實支持者**呢！但願我來，沒讓你覺得討厭……」

我急忙說道：「怎麼會呢！我只是沒想到……不敢相信……你真的……」

這時，一把聲音突然從聽眾中冒出來，不滿地說：「想什麼想，**小乖乖**！別再說什麼廢話，趕快開始你的介紹吧！你的讀者們，真正的讀者們，都在等着呢！」

噢，原來多愁也在呀！不過，這我可不意外，畢竟她經常出席我的活動！

這下麗麗不高興了：「我也是*真正的讀者*。」

說着，她便拿出我的新書給大家看，上面密密麻麻都是她的筆記，彷彿她已經把這本書讀了一百萬遍！

多愁質疑說：「這本書兩天前才發布！」

麗麗聳了聳肩：「那又怎麼樣，我已經讀了十七遍！」

所有讀者紛紛起哄：〈哇哇哇哇哇……〉

多愁更加懷疑了：「哦？是嗎？那你能不能告訴我，在這本書裏，謝利連摩一共幾次像個**大笨蛋**一樣摔倒在地上？」

大家紛紛把腦袋轉向麗麗。

就連我自己也一下答不上來呢：「讓我算算，一次，最多兩次……」

「十三次！」麗麗得意地說道。

所有腦袋又紛紛轉向多愁。只聽她問：「那我再問你，在海邊爬上懸崖石階的時候，謝利連摩的腳上穿着什麼？」

麗麗似乎有些遲疑，不過很快她就高聲回答道：

「人字拖！」

這下，所有讀者都望向了我，一臉驚訝。

我連忙解釋：「這……哎呀，我原以為大家是要去沙灘嘛，然後……」

多愁不讓我說下去，繼續發問：「馬克斯爺爺共叫了謝利連摩幾次『大笨蛋孫兒』？」

大家再次把目光投向麗麗。

現場的氣氛已經緊張到窒息……

我試圖打個圓場：「爺爺這樣只是為了鞭策我嘛，他才沒有經常……」

「三十三次！」麗麗高喊。只見一顆汗珠順着她的臉蛋滴下。

我們大家（除了多愁）不禁驚呼：

「哇哇哇哇哇！」

這時，多愁站起身來，氣勢洶洶朝麗麗走去，然後仔細打量起對方。

接着，她轉身看向我，說道：「小乖乖，你

真是個大傻瓜。我可沒工夫在這裏浪費時間！」

說完，她便離開了。

咕吱吱，真沒想到多愁會這麼**生氣**。

我想追上去好好跟她解釋，但有這麼多讀者在等着我，我不想讓他們失望！

儘管發生了這一段小插曲，加上見麗麗也在場看着我也令我很緊張，但最後，我的介紹十分順利呢！

到了**作者簽名**的環節，我看見麗麗也站在隊伍中。

就在這時，不知從哪兒冒出了一隻老鼠，脖子上掛着各式各樣的相機。麗麗好像認識他，因為我聽見她說：「你總算來了。我要把啫喱的所

49

有書作為背景，拍一張**頂級照片！**」

　　說完，她便朝我眨了眨眼：「你不會介意的，對不對？」

　　「不介意不介意，」我連忙回答，「你們儘管拍……」

　　我繼續給讀者們簽名，和他們交談。這時，我又聽見那個攝影師對麗麗說道：「**往左一點……**」

　　接着說：「再過去一點……」

　　隨後又說：「再靠近一點……」

　　直到這時，我才發現麗麗已經湊到了我身旁！而攝影師繼續叫道：「再上前一步！」

我不禁大喊：「小心啊！」

可是，已經太遲了！就在麗麗上前的時候，她不小心被我的椅子絆倒，頃刻之間……已經摔在我懷裏！

咔嚓！攝影師按下了快門！

咔嚓！ 咔嚓！ 咔嚓！ 咔嚓！

那場面實在太讓鼠尷尬了！

麗麗卻露出微笑，說：「啊，你真是我的大英雄！幸好有你！」

隨後，她便騰地站了起來，仔細看了看照片，然後拿到我面前：「你看，多可愛呀！我們趕快上傳，好不好？」

我還來不及回答，我倆的照片已經被**上傳到網上社交平台！**

隨後，我還看見了她使用的話題標籤*……各位親愛的鼠民朋友……怎麼說呢……嘿嘿……我好像有點受寵若驚呢……

Cheesegram

#園園·金髮鼠
#超於單注
#值得託付終身的老鼠
#母日大事
#有知識的老鼠最帥
#和精的鼠約會

*話題標籤 (hashtag) 是指#符號後面跟着的詞語或句子。在社交媒體平台上，它被用來「標記」照片或評論，方便查找，也容易引起關注，掀起討論風潮。

一場偶遇……

自從那天在書店活動之後，每次我打電話給**多愁**，她總是一副匆匆忙忙的樣子……

「我現在沒空，小乖乖。我正和幽暗城堡下水道的怪獸**哥爾戈**在一起，得給牠洗澡……」

又或是……

小福

「我得陪我的寵物蟑螂小

卡夫卡**購物**，然後帶小蝙蝠小福

上飛行課。牠要考**飛行員**執照！」

　　幾乎每一次她都表現得很不耐煩，

她說：「總之，小乖乖，別再打給

我了。我很忙。」

　　　　咕吱吱，我怎麼覺得她是在找

藉口呢？現在我幾乎可以肯定，

多愁就是在生我的氣！她是在吃

麗麗‧金髮鼠的**醋**！

卡夫卡

　　　　「啫喱，你又在發什麼

呆？」菲一邊歎氣一邊說。

　　　　「不會又是在想麗麗‧金

髮鼠了吧?!」

　　　　啊呀呀，我居然忘了自己

54

是和菲在一起呢。於是，我急忙解釋：「這個，呃⋯⋯我是想說⋯⋯不是⋯⋯總之⋯⋯哎呀，你怎麼會知道呢？」

她開始從上到下仔細打量我，彷彿審問犯人一樣：「看看麗麗在網上社交平台上傳的那些照片，就知道⋯⋯」

我微笑道：「你是不是覺得她對我有好感？其實⋯⋯我也這麼認為⋯⋯」

菲卻露出一臉壞笑，說：「我是想說，你們倆看起來真的像是一對情侶！」

我骨碌轉動起眼睛，問道：「什麼嘛？」

菲讓我看了許多照片和下面的評論。那些照片都是在電子遊戲大賽和書店拍的。

「其實⋯⋯」我承認，「看起來可能是像，但我向你保證，我們絕對不是。我只是覺得⋯⋯她喜歡我！」

「你愛怎麼説就怎麼説吧，啫喱，」菲打斷了我。

「我可沒工夫在這裏跟你閒聊。我得去和多愁好好準備我們的**電子遊戲**！」

我點點頭説：「好的。你知道嗎？每天班哲文和翠兒一做完作業就會討論他們的遊戲，幾乎都不需要我們的説明呢……」

「那是你的想法，」賴皮沒好氣地説道。只見他正大口大口吃着菲為我們準備的**藍莓批**。

「我才不會像你這麼偷懶！我這就去看看他

們進行得怎麼樣了……嘿嘿，說不定他們的藍莓批還會剩下些呢……」

菲打開門走了出去。這時，我的小狗小麵條也激動得恨不得立刻衝出去。

我不禁喊道：「好啦好啦，我明白啦！我們這就去**散步！**」

片刻之後，我們已經走在妙鼠城公園的小路上。這時，我發了一個信息給多愁，問她願不願意來公園見面，這樣我就能有機會好好跟她解釋啦。當我剛發完信息，就發現……麗麗正向我迎面走來！

只見她牽着一條可愛的小狗。小狗一身**金色的毛皮**（和麗麗的頭髮相稱極了），身上穿着一件優雅的**斗篷**（和麗麗的帽子相稱極了），頭上還戴着一個**蝴蝶結**，點綴着亮片（和麗麗的手機相稱極了）。牠看起來就像是麗麗的翻版！

「你好啊，親愛的，居然在這裏也能遇見你！」

「你好，麗麗！真高興見到你！」我回應道，「我不知道原來你也有養狗。」

「啊，沒錯，」她看向小狗，眼裏滿是愛意，「我和拉拉形影不離！」

拉拉和小麵條似乎很快就成了朋友。我和麗麗也邊走邊聊，不知不覺來到了小湖邊。

就在這時，黃昏**不期而至！**

只聽麗麗叫道：「快！跑起來！」

啊？什麼？她這是在和誰說話呀？

我還來不及問她，就看見拉拉又叫又跳，還讓小麵條追在身後，像陣旋風一樣圍着我和麗麗轉圈奔跑。咕吱吱，怎麼一下亂成了這樣！

我們想讓牠倆冷靜下來，可牠們根本不聽，而且，只是一眨眼的工夫……我和麗麗就被兩條狗繩緊緊綁在一起，彷彿兩塊煙熏過的斯卡莫澤乳酪！

　　直到這時，小狗拉拉才停下來，溫順地躺到麗麗腳邊，弄得小麵條都有點不知所措了。

　　我不禁支支吾吾：「這……兩條狗繩都纏在一起了……不過，我們一定能解開……」

　　麗麗突然大笑起來。

「我們的樣子真是太好笑啦，寶貝！」

　　她「嗖」的一下就掙脫出一條手臂，然後……「咔嚓！」

　　……又是一張自拍！

「我們現在就把照片上傳到網上，和支持者一起分享這開心一刻！」她邊說邊朝我眨了眨眼。

我有些遲疑，但是想想「也沒什麼，就讓大家開心開心好了」，於是便同意了。

可是……咔嚓！ 咔嚓！ 咔嚓！

什麼？我們周圍怎麼一下多了很多相機呀！

我四處張望，可是……誰也沒有呀！

我只看見……艾蜜莉，也就是麗麗的助理，正氣喘吁吁地跑來。

一看見她，拉拉就立刻跳了起來，衝到她身邊。瞧瞧牠是多麼高興！看來，牠也一定很喜歡艾蜜莉！

這時，艾蜜莉開始仔細打量起我們來：「你們這是怎麼回事？」

我們一邊告訴了她事情經過，她一邊為我們鬆開繩子。

隨後，麗麗在我的臉頰上印了個 吻，就和艾蜜莉還有拉拉離開了。她還有一場重要的活動要參加，不能遲到。

還沒等她們完全從我的視線消失，我就聽見一陣窸窣聲從樹叢裏傳來。接着，一個腦袋冒了出來⋯⋯居然是多愁！

我不禁喊道：「你躲在樹叢裏幹什麼？」

隨後，我就明白了過來：「難道⋯⋯你是在跟蹤我？剛才拍照的也是你？」

她卻聳聳肩，說道：「我可沒時間浪費在你這樣的大笨蛋身上，小乖乖！」

說着她便大步朝着麗麗的方向走去了⋯⋯

我悶悶不樂，獨自回家，還沒來得及進屋，就被賴皮給叫住了。

「喂，大笨蛋表哥，」他說道，「你如果是去約會，那就直說嘛，為什麼還要編個藉口，說

62

是帶小麵條出去散步！」

　　我一頭霧水，不知道他在說些什麼，可是當我拿起 **手機**，發現麗麗上傳了我們的自拍……

　　然後我又收到許多推送，發現網上還有很多其他照片，是從別的角度拍的，像是某個「**狗仔隊**」記者拍下的！

　　我以一千塊莫澤雷勒乳酪的名義發誓，我之前聽到的神秘「咔嚓」聲，一定和這些照片有關！

Cheesegram

#浪漫偶遇
#與紳士鼠獨處
#和精英鼠約會
#相約黃昏

　　從照片看，我和麗麗靠得 **很近很近**，在黃昏時，在小湖邊……

我沉思了片刻，但很快，我的寵物小麵條就開始不安分了。時間已經不早，牠已經飢腸轆轆啦！

　　好吧，我心想，這不過是個**誤會**！！！

　　沒什麼大不了的⋯⋯

浪漫的夜晚

之後的幾天，我忙得不可開交⋯⋯

每天下午，我照舊和班哲文、翠兒還有賴皮一起，不斷完善**電子遊戲**的計劃書。

謝利連摩・史提頓集團的工作我也一點都不敢怠慢。我一共寫了二十二篇文章，參加了十三場會議，動筆寫起新的小說，還參加了三場培訓。

我甚至還去了「**十八世紀乳酪硬殼**」拍賣**展覽**，買下很多古董乳酪。

當然，和往常一樣，我每天都會帶小麵條出去散步，至少三次！

我每天也都會給多愁打電話，但她總是不接。

她總是很忙……但願這是真的吧！我可不希望她還在生氣呢！

我還為我自己和麗萍姑媽**買了菜**，去理了髮，修好了書店的門把手，幫助史奎克·愛管閒事鼠解開了一宗謎案，還去乾洗店幫賴皮取回了衣服……

還有，每天我都會遇見麗麗·金髮鼠，至少**一天一次**！

真是太巧了，麗麗！
居然會在這裏遇見你！

各位親愛的鼠民朋友，我該怎麼跟你們說呢？

那位 迷人的女鼠 彷彿真的很喜歡我……而且，我們還有許多共同之處呢！

她喜歡看書（尤其是我寫的書！），喜歡小狗（她的拉拉真可愛！），喜歡收藏乳酪（啊，這真是一個大驚喜！），而且和我去的洗衣店也是同一家……

我剛才說什麼來着？

啊，沒錯，這幾天我真是忙得暈頭轉向，不過這樣的日子很快就會結束啦。

這天是星期五，也就是《年度電子遊戲大賽》決賽的前一天。

孩子們緊張極了，可是，這天晚上我得和菲一起出席鼠蘭朵戲劇節的開幕儀式。這是由謝利連摩·史提頓集團贊助的活動，我可不能缺席！

我把班哲文和翠兒送去了麗萍姑媽家，對他們說道：「不用擔心！你們已經盡了全力。現在最重要的是，大口品嘗麗萍姑媽親手做的**千層麵**，然後好好休息，這樣明天參加決賽的時候，你們才能精神百倍，對不對？好啦，我得走啦。菲說晚上八時來接我，我得回家好好準備！」

　　七時五十分的時候，我已經整裝待發。我穿上盛裝，還……

噴了香水！

　　我整整提前了十分鐘準備好呢。幸好提前了！這不……

呔！呔！

　　是汽車喇叭響聲！我連忙走了出去，發現一輛豪華轎車已經停在我家門前！

車身是桃紅色的，車窗玻璃則是深色的！

不知道車裏坐的究竟是誰呢……

這時，司機下了車，對我説道：「史提頓先生，我們正恭候你的大駕，請！」

我以一千塊莫澤雷勒乳酪的名義發誓！那一定是菲了！她怎麼都不告訴我，今天我們要坐**豪華轎車**？而且還是桃紅色的！

真是奇怪。這不是她的風格呀……

咔！咔！

啊呀呀，算了算了，不想這麼多了。

就這樣，我一邊鑽進豪華轎車，一邊咕噥道：「菲，你快告訴我，坐這車是不是爺爺的主意？他希望我們華麗登場嗎？我覺得這未免有點**浮誇**……」

只聽一把熟悉的聲音（不是菲！）笑着説道：

70

「啊，寶貝，你是不同意我的做法嗎？我只是覺得，**豪華轎車**很*浪漫*呢……」

咕吱吱！原來是……麗麗・金髮鼠！

這可完全出乎我的意料呀！

我不禁結巴起來：「啊，你好啊，麗麗！這一定是個誤會！其實我是在等我妹妹菲。她……」

麗麗立刻打斷了我：「我知道，我知道。我在嘉賓名單上看到了你的名字，就想，不如順路載你一程！不過你不用謝我，這是我的榮幸！」

說完，她便露出了**燦爛的笑容**。

我可不想失禮，畢竟她考慮得這麼周到。於是我說：「啊，這……太感謝了……那我得發個信息給菲，告訴她我們直接在劇院碰面。」

從我家到劇院的路程並不遠，但就在這麼短的時間裏，麗麗居然拍了**三十三張自拍照！**

下車的時候，我都已經暈暈乎乎了，因為閃光燈閃個不停……就在這時，劇院外的攝影師們又拿起相機開始對着我們拍個不停！

他們個個激動不已，尖叫道：

「是史提頓和金髮鼠！他們一起來的！」

「多麼浪漫的約會啊！」

「這是他們第一次一起公開亮相！」

「多麼般配的一對啊！」

我小聲對麗麗說道：「你看……我們是不是應該趕快和記者澄清一下這個誤會呢？」

但她卻看向天空，然後說道：「啊，他們就是這樣……不過，我們可不能讓這點小事破壞了今天的活動吧？這件事，以後再說嘛……」

我正想堅持，但突然被我妹妹菲一把抓住了手臂。只聽她責怪道：「啫喱，你還狡辯？還說你們之間沒有什麼？你看見社交媒體上的那些帖文了嗎？」

這時，馬克斯爺爺也打來了電話：「**孫兒兒兒！**你居然是和麗麗‧金髮鼠一起來參加活動？！為什麼對我隻字不提？你是不是應該給我個解釋？！」

我立刻說道：「不是，這是個誤會！但我不得不承認，麗麗可能是**喜歡**上了我……」

爺爺什麼也沒說就掛斷了電話，而菲呢，則一整晚都在不停**責怪**我。只有在看演出的時候，她才稍稍停下來！

演出結束後，我和菲都收到了手機上的推送通知……菲說的沒錯，看來，我和麗麗已經佔據了所有**社交媒體**的熱門搜尋！

我聳了聳肩，重複着之前的話：「都是誤會！是記者和公眾誤解了這一切！」

雖然，在內心深處，我不得不承認，我好像開始希望……麗麗·金髮鼠的確**喜歡上我了**！

偷偷自拍

第二天，天剛一亮我就醒了。從十時開始，《年度電子遊戲大賽》的決賽參賽隊伍就可以上傳各自的計劃書，接受公眾評審。

廣大鼠民會有一整天的時間進行投票，選出他們最喜愛的電子遊戲。

然後，在周日上午十時，決賽會在購物中心

舉行，然後揭曉 **獲勝** 的隊伍，進行直播。

　　總之，我已經答應班哲文和翠兒，會和他們一起上傳計劃書——《**追尋丟失的乳酪**》。

　　「哎呀，急什麼，先吃完早飯再說嘛！」賴皮提議。

　　於是，我便去麗萍姑媽家和大家會合。我們一邊吃着覆盆子和馬斯卡波乳酪蛋糕，一邊開始了討論。

　　我先問：「大家昨晚睡得怎麼樣呀？」

　　「睡得很香啦，啫喱叔叔！」翠兒回答。瞧她那 **神采奕奕** 的模樣！「麗萍姑媽為我們泡了洋甘菊茶！」

　　班哲文也興奮得直點頭：「我們已經盡了全力。就算贏不了，也沒什麼遺憾！」

　　賴皮則在一邊説道：「*圍戳圍戳，我已經登不級啦！**」

**翻譯賴皮的意思是：「沒錯沒錯，我已經等不及了啦！」*

麗萍姑媽不禁責備道：「賴皮！我跟你說了多少次！嘴裏塞着東西的時候，不要說話！」

只見賴皮吐了吐舌頭，然後一把抱住麗萍姑媽，說：「知道了。姑媽，誰讓你的蛋糕**舉——世——無——雙！**」

姑媽一下紅了臉，溫柔地抱住他，說：「行行行，每次都是我的錯！」

大家都忍不住哈哈大笑起來。

吃完早餐，我們來到了電腦前，最後檢查一遍計劃書。

最後，我莊嚴宣布：「一切準備就緒！」

☑ 遊戲名稱介紹與遊戲類型描述
☑ 預設場景以及人物與裝備介紹
☑ 遊戲模式概覽
☑ 樣例影片與截圖

班哲文和翠兒也彼此點頭，說道：「上傳吧！」

說完，班哲文就按下滑鼠，點擊「上傳計劃書」。片刻之後，熒幕上顯示：

**史提頓隊
上傳成功。
明天早上十時見。
祝你們好運！**

「太好了！」我們不禁歡呼。

賴皮興奮地說道：「現在就只需要等待了。要不我們一起去 月亮公園 輕鬆一下，好嗎？」

　　翠兒的眼睛突然亮了起來：「好啊好啊！喲呵！這個主意太好啦！」

　　我以一千塊莫澤雷勒乳酪的名義發誓，不得不說，賴皮的想法真是不錯。但就在這時，我的 手機 突然響了：是麗麗！

　　「親愛的，幸虧你接了電話！不知道為什麼，我就是上傳不了電子遊戲計劃書！」

　　我平靜地回答道：「麗麗，這很簡單，只要⋯⋯」

　　「啊，寶貝，」她打斷了我，聽起來很緊張的樣子，「你快來嘛！我只能靠你了！之前我問了很多朋友，但誰也幫不了我。唉，可能是我的計劃書不夠好，可能我就是沒希望了⋯⋯唉，算了算了。是我命苦！」

咕吱吱，麗麗好像很傷心呢！既然朋友有難，我怎麼能袖手旁觀？！

　　於是我對她說：「別擔心，麗麗！我這就來⋯⋯」

　　「太好了！」她不禁歡呼，「我把地址發給你。不過你得快點！」

　　我把一切告訴了賴皮和兩個孩子，不過他們好像不太相信。

　　「叔叔，你確定她真的需要你幫忙嗎？」班哲文問。

　　翠兒也表示懷疑，說：「她可是網紅麗麗·金髮鼠啊⋯⋯身邊怎麼會沒有懂電腦技術的朋友？照我看，這就是個藉口！」

　　我讓他們放心，然後便衝了出去，把麗麗發給我的地址輸入了老鼠地圖。

　　我一定要幫她解決問題！

我並沒有告訴孩子們：我覺得自己彷彿是去拯救我的**公主……**

「啊，麗麗，堅持住啊，等我！」我心想。

總之，我就是一名真正的

白馬王子！

但當我已經到達目的地時，我發現在我眼前的居然是一家商店，而且還是……婚紗店！咕吱吱，一定是哪裏出了問題！

我仔細看了看門牌號（咦，和麗麗發給我的一模一樣呀！）。這時，大門打開了，走出來的正是她，從頭到腳都穿得……和**新娘**一樣？！

「啊，寶貝，你終於來了！怎麼這麼久嘛！」她責怪道。

81

我目瞪口呆，依然沒緩過神來：「這……這是在做什麼呀？」

只見她偷偷自拍了一張，然後說道：「寶貝，我得工作，可不能這樣無休無止地等你！剛才我正在拍攝 **時裝婚紗**。現在得趕快動身，因為十分鐘後我還得拍攝另一組照片！」

我不禁結巴起來：「可是……計劃書呢？我可是來幫你上傳計劃書的啊！」

只聽她沒好氣地說道：「你要是早點到就好了，寶貝！都是因為你，我現在快來不及了。等我完成工作就上傳，行嗎？」

就這樣，在接下來的三十分鐘裏，她先後把我拽到……

▣ 糕餅店，店主是專做 **婚禮蛋糕** 的！

▣ 在一家奢華的家庭電器店，店員莫名其妙地向我介紹 **家庭電器** 的超級折扣……

◨在珠寶店，店員讓麗麗試戴了**四十七款訂婚戒指**！

◨妙鼠城最時髦的花店，店主想知道我**西裝**的顏色……

「什麼西裝呀？？？」我一頭霧水！

我早已筋疲力盡，麗麗卻容光煥發，彷彿春天裏的玫瑰……

每一次她都會對我説：「看見了嗎，寶貝，我的工作有多辛苦？**大家都找我！**我得代言這麼多品牌……從妙鼠城這一頭趕去那一頭。想喘口氣都不行！我怎麼這麼可憐！」

不用説你們也知道，每一次，她都會一連拍下幾十張自拍，更別提她的那位私家攝影師又**拍攝**了多少！無論我們到哪兒，他都跟着！

呼！我真的已經累癱了啦！總算，一切都結束了。我終於可以幫麗麗上傳計劃書了。

哎哟！

怎麼還沒好！

「謝謝你，寶貝！」她邊說邊在我的臉頰上印了個吻。這時，我聽到一聲**喊叫**從不遠處傳來⋯⋯奇怪！聽起來怎麼這麼像多愁的聲音呢⋯⋯

我四處張望了一番，但並沒有看見她。

「寶貝寶貝寶貝，」麗麗打斷了我的思緒，「我看你好像有點心不在焉。是不是**太累了？**我今天的確把你折騰得不輕⋯⋯為了賠罪，我請你去金乳酪餐廳吃午餐，你說好不好？」

誇張的戒指

　　咕吱吱，金乳酪可是妙鼠城裏最精緻、最浪漫的高級餐廳！我的心撲通撲通，跳得越來越重，可是……

　　「你真是太客氣了，麗麗！」我邊説邊向她行了一個吻手禮，「我很樂意接受邀請，但問題是，最近那些記者還有媒體總是添油加醋。

你是我重要的朋友，我真的不希望你會因此受到傷害。而且……」

麗麗卻做了個手勢，讓我別再說下去：「啊，不用擔心，寶貝！不只是我倆，我的**助理**也會來的！她那兒有很多合同得讓我簽署……」

聽她這麼説，我便決定接受邀請。畢竟，我的肚子都已經餓得「咕咕」叫啦……再説，也不是我們單獨吃飯！

到達餐廳的時候，我突然有些緊張……每次去一些高檔的地方，我總是**不太自在**。而且那天，我總覺得大家都盯着我們。真的！

我把這種感覺告訴了麗麗。只聽她誇張地歎了口氣，説道：「啊，親愛的，我知道。這的確很讓鼠**煩躁**……但這就是我的生活，總是在鎂光燈下。再説，你知道我有多少支持者嗎？唉，

可憐的我……」

這時，服務員把我們帶到了一個小桌邊。桌上放着一朵紅玫瑰，還點着**蠟燭**。

桌前是巨大的落地窗，正對着一條小徑。

我忙説：「啊，這一定是弄錯了。這張桌子太小，不夠三隻老鼠坐，這只是個**工作午餐！**」

服務員卻挑了挑眉毛，冷冷地説：「我們只剩這張桌子了，先生。」

我四下張望了一番：咦？明明有**一半的位子**空着呀！太奇怪了！

沒辦法，我們只好坐下，擠在一起。這時，麗麗的助理艾蜜莉開始在手袋裏翻找起來，還咕噥着説：「合同……我都放哪兒了……到底放哪兒了……」

她把手從袋裏抽了出來，顯得很焦躁。這時，一個東西**飛了出去……**

89

「你的戒指！」麗麗大喊，「你的**戒指**不見了！」

艾蜜莉看了看自己的手，也大叫起來，「啊不！戒指去哪兒了？掉在哪裏了？」

我還來不及反應，她就已經鑽到了桌子底下，尋找那枚珍貴的戒指。

我不禁喃喃說道：「這速度！」

麗麗卻指了指地上一個**閃閃發光**的東西，就在她身旁：「哇，親愛的，你快看，原來戒指掉在這兒。你能幫忙撿起來嗎？我的連衣裙太緊啦！」

於是，我騰地**跪到地上**，把戒指給撿了起來。

　　隨後，我舉起手爪，把它拿到麗麗跟前，笑着說道：「你說的沒錯，就是那枚戒指！」

　　但我並沒聽見她的回答，因為這時，閃光燈和「**咔嚓！**」聲突然此起彼伏，弄得我頭暈目眩！**咔嚓！　咔嚓！　咔嚓！**

還有很多不同的聲音摻雜在一起。

「史提頓向她求婚啦！」

我好不容易才重新睜開眼睛，發現自己已經被一群

包圍起來了！

有一個躲在植物擺設後面……

有一個假扮成顧客，臨時黏的假鬍鬚突然掉了下來……還有一個……是服務員！

直到這時，艾蜜莉才從桌子底下冒了出來，在我耳邊悄悄說道：「聽我的，史提頓，那些狗仔隊才不會善罷甘休。我們最好快離開，你快和麗麗說一下！」

我感激地看了看她，隨後對麗麗説道：「麗麗，我們趕快離開！」

可是，她卻激動地把雙手放到胸前，高聲説道：「**我們趕快結婚?!** 啊，寶貝，這真是一個大驚喜呢！」

又是一陣閃光燈！

又是一陣「咔嚓」聲！

我連忙擺起手爪，想要否認：「不是不是不是！你聽錯了！我是説，換個地方！我是説，我們快**離開這兒……**」

艾蜜莉卻插話説：「沒事，史提頓，交給我和麗麗吧。我們來想辦法澄清這個誤會。和狗仔隊打交道需要技巧。不是我炫耀，這就是我每天的工作！」

説罷，我就看見她護送着麗麗離開，還答應那些記者會給他們獨家採訪的機會。

好不容易，狗仔隊終於散開，我不禁想：「呼！總算！我得回家好好休息一下……」可是很快，我的手機就響了……是多愁！

「小乖乖，你向她求婚了?!」

「這……這……你怎麼會知道？」

「什什什什麼？」她大發雷霆，「所以是真的了？你可真是個大笨蛋，你被她騙啦！」

我連忙解釋：「不是不是，那是個誤會。可是你……怎麼……你在……？」

她怒氣沖沖地說道：「我在窗外全都看見啦！」

我不由向窗外看去，發現她就在那兒，站在小徑的另一端。此時的她，早已火冒三丈。

她注視了我片刻，然後頭也不回地離開了。

我將嫁給謝利連摩·史提頓

如今已是周日上午，決賽即將開始。

但我卻不禁為多愁擔心起來，自從她離開餐廳，我就再也沒和她説上話。

於是，我一醒來，就想着再打給她試試。

我想確認她是不是一切安好，還想跟她好好解釋一下！

95

就這樣，我打開了 **手機**，隨即……我立刻被一堆的短信和通知淹沒，還有許許多多的未接來電！

　　我以一千塊莫澤雷勒乳酪的名義發誓，到底發生了什麼事呀？

　　我越想越心慌，於是便一條接着一條，收聽了所有**信息**……

　　咕吱吱！所有鼠民朋友，沒錯，是所有，都堅信我即將……

迎娶麗麗·金髮鼠？！

　　就連我的家鼠也不例外！

　　這……這……這……這怎麼可能啊？！

孫兒啊，從什麼時候開始，結婚這等大事都不需要告訴長輩了？我得馬上知道發生的一切！**快打電話給我！**

什麼什麼什麼？！

啫喱，為什麼你連自己的親妹妹都要隱瞞？話說，你確定要娶麗麗？她一定會想盡辦法利用你製造獨家新聞。**快打電話給我！**

我才不確定呢！

表哥，我真不敢相信，你居然要結婚了？！還是和麗麗·金髮鼠？你怎麼對我也保密呢？難道你不想邀請我參加婚禮？看來你一點都不在乎我。太讓我失望了。**快打電話給我！**

不是的不是的……

叔叔，為什麼你要結婚的事不是你親口告訴我們？真難過……雖然我們一直在專心準備電子遊戲比賽，但你還是應該告訴我們的嘛！我們都愛你。**快打電話給我！**

啊，我的小可愛們……

突然，我注意到了一個很小的、不起眼的、根本不易察覺的細節。在這麼多的資訊裏……唯獨少了**多愁**！

啊，我真不敢去想原因。她一定還在生我的氣！一定比前更生氣！就在這時，她的信息來了。

你什麼也不敢做，什麼也不敢說，連吹吹鬍鬚都不敢！你比沒塗香料的木乃伊還要呆。行了行了。**我來了！**

這下我真要完蛋啦！

「要不乾脆找個地方，」我心想，「遠走高飛算了……我可以試試北極，亞馬遜森林，又或者是戈壁沙漠……」

我正想着，門突然**打開**了：是多愁！她居然真的來了！

我就知道，她真的很生氣……但她氣的卻不是我！這一點還真是出乎意料！

只見她上前一步，在我的腦袋前一把掏出手機，說道：「麗麗·金髮鼠！你犯了好幾個錯誤：

第一，你不該追求我的**小乖乖**！

第二，你不該把他當個木偶一樣帶着在妙鼠城裏四處轉！

第三，你不該當眾宣布你要嫁給他！

總之，你就是不該……

欺騙謝利連摩·史提頓！！！」

我連忙叫道：「喂，你當我是空氣嗎？我還在這兒呢，能不能給我點面子！誰也沒有欺騙我啦！都是**誤會……」**

就在這時，我突然覺得有些不對勁！如果這一切根本不是什麼誤會呢？

我不禁憂心忡忡，說：「現在我想起來，當時在餐廳，艾蜜莉說她和麗麗會想辦法和那些

狗仔隊解釋清楚。但也許……啊，不會吧！可是……讓大家都相信我要和麗麗結婚，對她有什麼好處呢？一定是有什麼別的原因！」

多愁抓住我肩膀，拼命晃動我的身體：「小乖乖，快醒醒！你的南瓜腦袋裏，究竟裝了些什麼？你從來不會把別的老鼠往壞處想，那傢伙真的很精明！不行，誰也不能欺負我的小乖乖！」

直到這時我才明白，為什麼這一整個星期，多愁都在躲着我。

只聽她說道：「除了忙着和菲一起開發遊戲（不誇張地說，真是一場噩夢！），我還專門調查了麗麗·金髮鼠。她對你的興趣，真是可疑又可笑！」

我以一千塊莫澤雷勒乳酪的名義發誓，聽她說這話，我可有點生氣了：「為什麼可疑又可笑？」

她提高了嗓門，嚷嚷：「我有證據！」

她告訴我，在我和麗麗第一次見面之後，她就跟蹤了麗麗，聽見她和助理説：「最近這一周，那個傢伙一下漲了**10,000名追隨者**，這都是因為電子遊戲大賽。我就知道，這個時候選他一定沒錯，真是天助我也！」

隨後，多愁又給我看了一張又一張截圖，都是麗麗在那天發出的帖子……下面還有一個話題標籤。我之前沒看見，但這下總算明白過來，那根本不是什麼誤會：

#我將嫁給謝利連摩・史提頓

最後，多愁還給我看了麗麗在之後幾天發的帖子，還有其他發布消息的使用者上傳的照片和留下的評論……

多愁的調查

幾天前……

是麗麗自己發了那些帖文，爆料給狗仔隊！

在餐廳……

是她自己發布的結婚假消息！太狡猾了！

公園裏的偶遇……

根本是她一手策劃的！多愁跟蹤了麗麗，發現拉拉……其實是艾蜜莉的小狗。艾蜜莉故意訓練小狗，讓牠把謝利連摩和麗麗纏在一起！

在書店……

多愁發現麗麗通過一個耳機接收資訊。實際上，是艾蜜莉躲在一個角落裏告訴她所有問題的答案！

還有許許多多由她的助理和
其他用戶發出的帖子！

Cheesegram

讓你蠢蠢欲動的美味蛋糕！
#謝利連摩大鑽戒！
#婚禮蛋糕
#我將嫁給謝利連摩·史提頓

Cheesegram

完美搭配
#送你一朵花！
#結婚禮服
#我將嫁給謝利連摩·史提頓

Cheesegram

看看我遇見了誰！
#浪漫偶遇
#怦然心動
#我將嫁給謝利連摩·史提頓

Cheesegram

現場目擊
#浪漫偶遇
#親密無間
#我將嫁給謝利連摩·史提頓

Cheesegram

在超級市場遇見謝利連摩
#又遇見了！
#怦然心動
#我將嫁給謝利連摩·史提頓

所有照片都
經過了剪裁，
目的就是為了
製造緋聞！

多愁在調查期間拍下的這些照片，已經消除了我的所有疑問！

　　總之，鐵證如山！

　　我真的被騙了！

　　我垂頭喪氣，喃喃説道：「可是……她為什麼要這麼做呢？！」

　　多愁生氣不已，説：「我説，小乖乖，你到現在都還不明白嗎？你難道沒看見她為《年度電子遊戲大賽》上傳的計劃書？」

　　「現在説這個做什麼呀……」我不禁咕嚕道。

　　她卻叫道：「你覺得，她會為這個遊戲取什麼名字？」

　　這時我才恍然大悟：「別……別告訴我是……我將……

我將嫁給謝利連摩・史提頓？」

只見她點點頭，激動得張開手爪：「呃啊，你總算開竅了！這個新的話題標籤：

#我將嫁給謝利連摩·史提頓

恰好……就是她電子遊戲的名稱！但是你，小乖乖，你究竟在想些什麼？難道真的一點蛛絲馬跡都沒發現嗎？啊，也是，你的眼睛都變成了心形，早就**鬼迷心竅**！」

我一陣癱軟，難以置信地說：「我真不敢相信，自己居然真的會像**大笨蛋**一樣。」

「哈，總算有件事是你能認清的了！」多愁高興地說道：「我早就跟你說了！你得一直聽我的，小乖乖。你知道，我了解的事，總是比吸血鬼要多一件！」

但很快她就安慰我，說錯不在我，是麗麗精心策劃了這一切。

我拿起手機就打給麗麗，她卻沒有接電話！

於是，我給她留了一條語音信息：「麗麗你好。我知道你都在社交媒體上做了些什麼，你利用我的信任，**欺騙**了我。我為你感到遺憾，因為我們都要為自己做的錯事付出代價。通過這種不正當的手段獲勝，根本不能算作勝利。我想給你一個建議，從今往後，希望你能尊重其他老鼠，**厚道**地對待他們。只有這樣，這一生才會安心！」

隨後，我打給了所有家鼠朋友，然後在《鼠民公報》的網站上和我的社交媒體上發布**公告**，澄清了一切！

我相信我的讀者朋友一定會明白，就像我的家人和朋友一樣。

獲得第一名
的是……

我和多愁一起前往**購物中心**。麗麗的事就讓它過去吧，現在，孩子們的事才最重要。我可不能扔下他們獨自面對決賽。我們來到比賽場地，發現 Videozip 公司的大熒幕前早就擠滿了觀眾，他們比淘汰賽那天的熱情還要高漲！很快，我們就找到了班哲文和翠兒。他們是和菲還有賴皮一起來的。

一見到我，兩個孩子就立刻衝上前緊緊**抱住**了我，說：「叔叔，趕快振作起來，別讓那個麗麗給打倒！我們還錯怪你了，以為你做重要的決定都不和我們商量。對不起！」

　　我感動萬分，說道：「該道歉的是我。是我不好，居然會因為這樣的事**分心**。對我來說，最重要的事是今天和你們並肩作戰！」

　　這時，菲突然叫道：「你們快看那兒，那些記者……麗麗一到，他們就全都圍了過去，一個接一個向她**提問**。看來，她真是得逞了。太不公平了！」

　　我正糾結，要不要過去和她當面對質……這時，多愁已經搶先了一步。

　　她一把抓起我的袖子，拽着我就衝到麗麗面前，氣勢洶洶地宣告：「好啊，計謀得逞了

是吧！所有這些**閃光燈**現在都對着你了！不過，我希望你的這些所作所為，大賽主辦方都能了解！我已經把搜集到的證據全都發送給了他們！」

全場頓時鴉雀無聲，包括那些記者，全都將目光射向了麗麗。

她呢，皮笑肉不笑，只說了句：

「走着瞧……

再見！」

說完，便陰險地笑着離開了，身後還跟着那個奸詐的助理。

記者們立刻調轉方向，圍到我的身旁。幸好這時，大熒幕亮了，出現了維德·電競鼠。

「各位親愛的朋友，激動鼠心的時刻終於到來！首先，請允許我逐一介紹入圍決賽的十支隊伍……」

隨後，他的語調低沉了起來：「就在幾分鐘前，我們了解到，其中的一支隊伍有**不當**行為。我們不會公布名字，以免進一步增加她的曝光度。就在我們為如何恰當處理這件事而發愁的時候，公眾的投票結果正好出爐……」

維德停頓了好久。

大家全都屏住了呼吸。

隨後，他露出了微笑，說道：「我很高興向大家宣布，今年的獲勝隊伍不止一支，而是兩支，它們各有千秋，不相上下！」

它們分別是……

史提頓隊
和菲與多愁隊!

　　我們不禁爆發出歡笑，又蹦又跳，抱在一起。啊，真是太難以置信了!我們居然贏了!

　　我們並列第一呢!

　　許許多多的彩色紙屑飄灑而下，慶祝我們的勝利。

　　最後，維德說道:「至於那支行為不端的隊伍，根本不需要由我們來取消資格，因為公眾的投票結果已經是最好的答案!」

　　我笑了，試圖在鼠羣中尋找麗麗……

　　就在這時，她居然出現在我的面前!

　　咕吱吱，我嚇得騰地跳了起來!

她用奇怪的表情看着我。有那麼一瞬間，我還以為她知道自己錯了。

　　多愁也看見了她，得意洋洋地對她說道：「**看見了嗎，這位美女鼠？** 你的如意算盤打錯了！你輸了！」

　　而她卻……笑了！為什麼呀？

　　只聽她說：「你們這輩大笨蛋！什麼電子遊戲，我從來就不感興趣。我關心的是今天發布的 *TopNet網紅排行榜*，這輩子我最在乎的排行榜！我的目標是超過斯頓普‧星光鼠，成為第一，這樣我的收入就能翻倍！知道什麼是增加熱度的最好辦法嗎？當然是把謝利連摩‧史提頓這個書呆子的支持者全都變成我的追隨者！要不是他，那些傢伙永遠也不可能關注我……至於機會嘛，還有什麼比這場電子遊戲大賽更適合接近你呢，你說對不對，親愛的？」

112

說完她還朝我眨了眨眼，我卻直搖起頭：「我總算明白了。不得不承認，麗麗，你真的很**精明**。但我還是堅持自己的看法，通過不正當手段獲得的勝利，根本不算贏。你什麼也沒得到。但願有一天，你會明白這個道理。」

就在這時，艾蜜莉突然跑了過來，還尖叫道：「快，快，網紅排行榜就要公布結果了！」

只見麗麗打電話吩咐了什麼，隨後大廳的另一端突然出現了又一塊巨大的電視屏幕。

她滿臉得意：「我很聰明吧？既然電子遊戲大賽有這麼多觀眾，我為什麼不乾脆利用這個機會，讓你們都來看看我是怎麼大獲全勝的！」

我不由一驚：麗麗還真是無孔不入，什麼機會都不放過！

大熒幕連上了TopNet的網站，此刻，正在進

行年度網紅排行榜冠軍揭曉的*倒數計時！*

大家齊聲喊道：「3……2……1……」

只見屏幕上突現了特大的字體：

什……什麼？我？真的是我嗎？！

怎麼可能呢？

鼠羣中爆發出一陣歡呼，隨後大家便開始不停呼喊我的名字。我看見所有記者向我蜂擁而來，紛紛舉起了麥克風……

菲和多愁也都驚呆了。她們立刻查閱各種社交媒體和各大社交平台**網站**。

菲不禁感歎說：「真是難以置信啊，咭喱！這次麗麗真是弄巧成拙，自作自受。她在社交媒體上這麼大肆炒作，結果被推上熱門搜尋*榜首的並不是她……**而是你！**」

正當我們歡呼慶祝時，我看見麗麗盯着大屏幕上的名字，一動不動，彷彿石化了一樣。

她的助理艾蜜莉拉着她就想跑。

但是，故事還沒完。

就在這時，熒幕上突然出現了斯頓普‧星光鼠，也就是麗麗千方百計想要打敗的**勁敵**。

她排名第二，此刻正在接受採訪。

＊熱門搜尋(Trending topic)，簡稱「熱搜」，即大家普遍關注的流行話題。

星光鼠微笑着説道：「輸給謝利連摩・史提頓這樣一位溫文爾雅、知識淵博的**紳士鼠**，我心服口服！坦白説，我幾乎為麗麗感到遺憾：她折騰了這麼久，居然連排行榜都沒上，想必她一定**很受打擊！**」

　　各位親愛的鼠民朋友，這就是故事的結局：

麗麗·金髮鼠的名字，甚至都沒出現在前十位的**名單**中……

　　我只希望，她能從這件事中吸取教訓。畢竟，我們都是在錯誤中學會**成長**的。這可是史提頓說的。謝利連摩·史提頓！

熱搜第一名 謝利連摩·史提頓

上網須知 網絡禮儀

你知道嗎？

　　網絡禮儀（Netiquette）是由英語 **"network"**（網絡）和法語 **"etiquette"**（禮儀）組成，表示大家在網絡世界應該遵循的禮儀規範。在互聯網絡上，並不只有我們自己，因此，我們也應該像在家裏、學校和其他場所一樣，有禮貌，做個文明的人。

切記！

　　就像在日常生活中一樣，我們在網上也應該使用禮貌用語，比如：請，謝謝，不客氣！

　　網絡禮儀的規範有很多，而且不同的應用情景（信息聊天，視像通話，社交媒體……）。不過，在經歷了麗麗・金髮鼠事件之後，我發現有幾條基本原則始終不變，讓我來告訴大家吧！

上網時，請一定記住：

- **在熒幕的另一端，總有其他人，** 他們每個人都有自己的故事和情感，有自己介意或害怕的東西。儘量記住這一點，這樣才不會傷害到他人！

- **不要假設你寫的東西或分享的內容總是按照你所想的方式被他人理解。** 在互聯網上，有些東西會缺失，比如語氣、上文下理還有肢體語言，而這些東西原本可以幫助聽眾更好地理解你所說的內容。所以，請仔細檢查你寫的東西，問問自己：它們真的容易看明白嗎？

- **你必須清楚，一旦你把某些內容發布到網上，你就失去了對它們的控制。** 這些內容可能會被用在不同的場景下，還可能遭到歪曲和誤解。那時，你想刪除都不可能了！

這可是史提頓說的。

謝利連摩·史提頓！

小貼士
根據網絡禮儀，如果你在網上全部使用英文大寫字母，那就表示……你是在大吼！

故事講完啦，你們都喜歡嗎？

告訴你們一個小秘密：每天開始工作前，我都會先和小麵條出去散步，而我的靈感，都是在那時出現的呢！

沙灘

妙鼠城

你能在地圖上找出故事中電子遊戲比賽場地那座購物商場嗎？

親愛的鼠迷朋友，
　　　　下次再見！

謝利連摩・史提頓

Geronimo Stilton

老鼠記者 Geronimo Stilton

與老鼠記者一起
歷奇探險走天下！